# NOCH 'N HEINZ ERHARDT

Heinz Erhardt

# NOCH 'N HEINZ ERHARDT

Lappan

*Für mein Zipchen!*



Überarbeitete Neuauflage
2 3 4 5 10 08 06 04

Würzburger Straße 14, 26121 Oldenburg
Gesamtherstellung: Clausen & Bosse, Leck
Printed in Germany

ISBN 3-8303-3046-4

# Vorwort

Nachdem meine beiden Werke *Noch 'n Gedicht* und *Noch 'n Buch* vom Herrn Fackelträger erst verlegt, dann wiedergefunden und schließlich sogar verkauft worden sind, erreichten mich aus dem Leserkreis unendlich viele Briefe – ich allein zählte drei Stück! –, in denen man mich bat, im Gegensatz zu meinen ersten zwei Würfen doch endlich einmal ein *heiteres* Buch zu schreiben – traurige Bücher gäbe es genug!

Also setzte ich nicht nur mich an den Schreibtisch, sondern auch die Bitte in die Tat um, wie vorliegendes Druckerzeugnis beweist.

Bevor ich jedoch meine neuesten Musenkinder der Öffent- und damit der Lächerlichkeit preisgebe, muss ich schnell mal brechen – und zwar eine Lanze für jene Leser, die mehr der *abstrakten* Kunst zugeneigt – also mit meinen gegenständlich primitiven Gedanken, Worten und Sätzen nicht viel anzufangen wissen – sind!

Diesen bleibe es unbenommen, Wortfolgen nachstehender Machwerke willkürlich aus den Satzgebilden herauszulösen, ja, selbst einzelne Buchstaben innerhalb eines Wortes beliebig umzustellen und die Zeilen grafisch aufzulockern. Als Beispiel möge der Anfang des Gedichts *Zellen* (Seite 53) dienen:

l
e z enl sad alfulae äle f benle komm t sau eizell=

ner, . ? ! : ; usw. usw.

Auch der unbefangene Leser wird zugeben müssen, dass so dieses Buch für den modernen Menschen über Jahre hinaus anregend bleibt! Was man nicht von jedem Werk unsrer Literatur behaupten kann…

# Die Pointe

Am meisten Freude macht es mir,
die Pointe zu verstecken
und dann zu sehen, wie es dir
gelingt, sie zu entdecken.

Wie dir beim Lesen erst der Mund
zuckt, dann der Augen Falten
sich tiefer graben, und
– du kannst nun nicht mehr an dich halten –
du lachst und lachst
und machst
mich damit froh!

So,
das wärs, was ich mit der „versteckten Pointe“
meine ...

Doch lach noch nicht;
denn dies Gedicht
hat keine!

# Ampeln

## 1

Wir hatten einst – die Zeit ist tot –
als Landesfarben Schwarz-Weiß-Rot.

Dann hat man sie nicht mehr gewollt,
und wir bekamen Schwarz-Rot-Gold.

Doch diese übersieht man fast
in unsrer Zeit voll Kampf und Hast.

Die Farben, die sich heute ziehn
durch unser Sein, sind Rot-Gelb-Grün.

2

Wenn wir uns ans Steuer setzen,
um zum Arbeitsplatz zu hetzen,
können wir nur höchstens schleichen,
denn uns hindern viele Zeichen.

Ganz besonders sinds die Ampeln,
die auch Radfahrer beim Strampeln
und selbst Fußgänger, die gemsen-
gleich hinüberwollen, bremsen.

Vom Direktor bis zum Penner
sind wir nichts als Ampelmänner!

3

Dort, wo eine Kreuzung droht,
hat man selten Grün, meist Rot.
Und so schön das Rot auch schien,
man ist diesem Rot nicht grün.

Doch wenn Grün kommt, und man kann,
hat der liebe Vordermann
– solche Fälle sind verbürgt! –
seinen Motor abgewürgt.

Bracht in Gang er endlich ihn,
und man kann, ist nicht mehr Grün.
Schuld ist vorne der „Idiot“! –
Bis man Grün hat, sieht man rot!

# Den Unverstandenen

Stumm ist der Fisch, doch nicht nur er:
Auch einen Wurm verstehst du schwer.

Selbst deines treuen Hunds Gebell
entzifferst du nicht immer schnell.

Und bei den Rindern, Hühnern, Schweinen
kannst du nur raten, was sie meinen.

Drum spreche ich als Anwalt hier
für jedes unverstandne Tier.

(Für 'n Papagei brauch ich das nicht,
weil er ja für sich selber spricht.)

## Tatü, tatü

Die Jagd beginnt! – Tatü, tatü!,
ertönt es aus dem Horne.
Der Jäger tutet hinten rein,
dann kommts Tatü von vorne.

Der Jäger nimmt zwei Gläser mit:
Am einen kann er drehen,
dann kann er das, was weiter weg,
ganz nah und deutlich sehen.
Das andre Glas ist dazu da,
den Schnaps daraus zu trinken –
die Flasche ist im Rucksack drin
gleich neben Brot und Schinken.

Auch eine Flinte hat er mit,
gefüllt mit feinstem Schrote,
und wenn er schießt und gar noch trifft,
gibts bei den Hasen Tote.
Erlegt er aber einen *Hirsch*,
so hängt er als Trophäe
gleich das Geweih ins Wohngemach,
damit es jeder sähe.

Die Jagd ist aus! – Tüta!, so tönt
das Horn aus blankem Bleche.
Der Jäger geht ins Stammlokal –
der Hirsch bezahlt die Zeche.

## Der Hirschkäfer

Ein Hirschkäfer, der weidete
mit seinen siebzehn Rehen,
und jedermann beneidete
ihn um die vielen Ehen.

Da kam der Knabe Fritz heran –
die Rehkäfer entkamen;
der Hirsch jedoch griff mutig an,
zu schützen seine Damen!

Er musste sterben. – Mit der Lei-
che rannte heim der Bube – – – !
Jetzt ziert des Käfers Hirschgeweih
Schwesterchens Puppenstube ...

# Das Kälbchen

Es spielt das Kind vom Rind im Wind,
ist guten Mu – Mu – Mutes.
Es kennt nicht Not, nicht den Papa,
nicht den Geruch des Blutes. –

Der Weg ist weit, der Kasten eng –
das Kälbchen ahnt nichts Gutes.
Der Schlächter ist kein schlechter Mann,
doch muss ers tun – und tut es. –

Das Kälbchen existiert nicht mehr –
in unsern Mägen ruht es,
doch nachts erscheint es uns im Traum
und leise muh – muh – muht es.

# Die polyglotte Katze

Die Katze sitzt vorm Mauseloch,
in das die Maus vor kurzem kroch,
und denkt: „Da wart nicht lang ich,
die Maus, die fang ich!“

Die Maus jedoch spricht in dem Bau:
„Ich bin zwar klein, doch bin ich schlau!
Ich rühr mich nicht von hinnen,
ich bleibe drinnen!“

Da plötzlich hört sie – statt „miau“ –
ein laut vernehmliches „wau-wau“
und lacht: „Die arme Katze,
der Hund, der hatse!
Jetzt muss sie aber schleunigst flitzen,
anstatt vor meinem Loch zu sitzen!“

Doch leider – nun, man ahnts bereits –
war das ein Irrtum ihrerseits,
denn als die Maus vors Loch hintritt
– es war nur ein ganz kleiner Schritt –
wird sie durch Katzenpfotenkraft
hinweggerafft! – – –

Danach wäscht sich die Katz die Pfote
und spricht mit der ihr eignen Note:
„Wie nützlich ist es dann und wann,
wenn man 'ne fremde Sprache kann …!"

## Stiche

Von Dürers Meisterhand ein Stich
betrachtet, wirkt mehr „äußerlich",
dagegen dringt, wenn Sie verzeihn,
der Mückenstich weit „tiefer" ein.

Man sieht hieraus, dass ein Insekt
viel mehr kann als der Intellekt.

# Nee, das geht nicht

Das Meer – wenn ich schon drüber spreche –
hat eine feuchte Oberfläche,
die, finden keine Stürme statt,
stets ruhig daliegt, groß und glatt.
So weit wär alles schön und gut.

Doch was sich unter Wasser tut,
das zu erzähln sträubt sich die Feder:
Es frisst den anderen auf ein jeder!
Je größer so ein Fisch, je kesser!
Dort toben Kämpfe bis aufs Messer!

(Was ganz der Wahrheit nicht entspricht,
denn Fisch mit *Messer* geht ja nicht!)

# Ferien auf dem Lande

(Ich kam mit meinem Auto an
und Koffern, sechs bis sieben.
Der Motor ging total entzwei,
so musst zuletzt ich schieben.)

Ich wohn in einem Bauernhaus.
Die Milch ist frisch und sahnig.
Die Störchin auf dem Scheunendach,
sie schäkert mit dem Kranich.
Die Kuh macht „muh“ – der Ochse auch,
sind schwer zu unterscheiden,
erst wenn man melken will, merkt man
den Unterschied der beiden.
Die Bauersfrau ist jung und schön.
Ich bin bei ihr der Kranich.
Ein Ochse ist ihr Herr Gemahl. –

(Zurück fahr mit der Bahn ich!)

## Artverwandt

Klingling, so klingts im Großen Belt.
Das ist der Schellfisch, der da schellt.
Er klingelt, nur gemütlicher,
wie die Gebirgskuh südlicher. –

Das war bis heute unbekannt,
dass Kuh und Schellfisch artverwandt.

## Der Schatz

*Eine alte Volksweise*

Es liegt ein Schatz begraben
dort, wo der Weg sich biegt,
und nur zwei alte Raben,
die wissen, wo er liegt.

Noch keine Menschen haben
ihn zu Gesicht gekriegt.
Nur die zwei alten Raben,
die wissen, wo er liegt.

„Hü, Rösslein, du musst traben,
bald haben wir gesiegt!
Ich seh zwei alte Raben,
die wissen, wo er liegt!“

Ich hab am Weg gegraben,
der eine Biegung macht.
Die beiden alten Raben
haben sich totgelacht.

## Wirklich unerhört

Die Amsel drosselt
ihren lauten Sang.
Die Finken starten schon –
der Weg ist lang ...
Die A- und Blaumeisen
sind ganz verstört,
auch sie finden das
wirklich unerhört!!!

Das ist ihnen noch nie begegnet:
ein Sommer, so total verregnet!

Die Drossel amselt,
und es finkt der Star:
„Ade, auf Wiedersehn
im nächsten Jahr!“

## Die Schnecke

Mit ihrem Haus nur geht sie aus!
Doch heut lässt sie ihr Haus zu Haus,
es drückt so auf die Hüften.
Und außerdem – das ist gescheit
und auch die allerhöchste Zeit – :
Sie muss ihr Haus mal lüften!

## Der Maus

Der Maus ihr Gatte wurd geschnappt
von einer Mausefalle,
nun war – verdammt und zugeklappt! –
er mausetot für alle.
Die Trauerreden für 'n Gemahl,
sie gipfelten im Satze:
„Viel schneller gings auf jeden Fall
mit Falle – als mit Katze!"

# Die Gazelle

Schreckerstarrt verharrt die Gazelle,
die den Durst an schattiger Stelle
stillt –
denn es naht der König der Tiere.

Aufrichtend das Haupt und alle viere
weit um sich werfend, entfernt
sich sprunghaft das ängstliche Wild,
kunstvoll gehörnt.

## Sabinchen

Da war ein schneeweißes Karnickel,
das hatte einen schwarzen Pickel
auf der Nase.
Sprach ein Hase:
„Liebe Base,
das geht so nicht mit deiner Warze!
Es kommt ein Jäger, trifft ins Schwarze!
Du musst den Pickel heller färben,
dann lebst du lang, ohne zu sterben!“
Das tat denn auch sofort Sabinchen
(so nämlich heißt dieses Kaninchen)
und lebt heute noch ungestört ...
Wie gut, wenn man auf andre hört!

## BRAUCHTUM

Ich brauche dich und du brauchst mich,
wir brauchen uns, sie brauchen sich.

Ob jemand spricht, kräht oder faucht:
Er wird gebraucht, er wird gebraucht.

Ich brauche dich und du brauchst mich,
wir brauchen uns, sie brauchen sich
darüber nicht zu kränken,
die Felchen oder Renken*.

* *Dies ist die* süddeutsche *Fassung. Für* norddeutsche *Leser sind die zwei letzten Zeilen wie folgt zu ändern:* darüber nicht zu wundern, die Schollen oder Flundern.

# Das Lama

In dem Land des weisen Brahma
lebte jahrelang ein Lama,
dem es niemals wollte glucken,
weit im Bogen auszuspucken.

Schrecklich litt es seelisch wegen
diesem seinem Unvermögen;
und die Tränen war'n ihm nah,
wenn es andre spucken sah.

Heimlich übte es im Sitzen
oder Stehn, den Mund zu spitzen,
um dann zielgerecht durch dessen
Spalt den Strahl herauszupressen;
doch selbst in bequemer Lage
förderte es nichts zutage.

Und – so endet dieses Drama –
schließlich musste unser Lama
vor den Thron des Brahma traben,
ohne je gespuckt zu haben.

## ’s kommt ein Vogerl geflogen*

Ein kleiner Spatz kommt angeflattert
und hüpft auf meinen Fuß. Verdattert
entdecke ich in seinem Schnabel
ein Telegramm, und in dem Kabel
telegrafiert Andrea mir:
„Komm bald, ich sehne mich nach dir!“

Spreiz deine Flügel, kleiner Bote,
und flieg zurück zu der Geliebten
und überreich ihr meine Note,
in welcher steht, ich käm am siebten!

* *Jede Ähnlichkeit mit einem bekannten Volkslied wäre rein zufällig.*

# Die Untermieterin

Du stehst vorm Apfelbaum und lobst:
„Was ist das für herrlich Obst!“
Pflückst einen Apfel, beißt hinein,
verziehst den Mund, fängst an zu spein;
denn eine Made erster Güte
wohnt dort schon lang in Untermiete.
Du stehst vorm Apfelbaum und tobst:
„Wie kommt die Made in das Obst?!“

Die Hülle trügt! – Das Ungeziefer
dringt da im Allgemeinen tiefer …

## Der zweifelhafte Storch

Du gehörst zu den'n, die den
Klapperstorch noch nie gesehn,
weil man dazu in der Stadt
wenig Möglichkeiten hat.
Und weil er dir nie erschien,
glaubst du auch nicht recht an ihn. –

Ohne Zweifel gehn dem Storch
solche Zweifel dorch ond dorch,
weshalb er dann schnell und meist
seine Existenz beweist!

## Rechtschreibung

Delfine schwimmen schnell und leis
(man schreibt sie mit „ph“ – ich weiß;
doch schreibt man ja auch Tele„f“on,
und das bereits seit langem schon) –
sie schwimmen (wie gesagt, mit „f“) –
sie schwimmen – vorn ihr alter Scheff
(wir schreiben schließlich auch „Schofför“) –
sie schwimmen also durch das Meer.

Was heißt durchs „Meer“? – Sogar durch „Meere“!
Und manche altgediente Mähre,
wie überhaupt so manches Ferd
(mit „V“ wär es *total* verkehrt)
glaubt, es sei so schnell wie ein Delphien!
(Das zweite „e“ ist schlecht für ihn.)

Ortogravieh – das sieht man hier –
ist nicht ganz leicht für Mensch und Tier!

# Der Pv*

Der eitle Pv, meist schlecht gelaunt,
stolziert im Park von Hagenbeck,
und wenn wer kommt, der ihn bestaunt
– was jeder Pv recht gerne hat –
dann schlägt er sein berühmtes Rad
und radelt langsamst damit weg!

Auch ich war jüngst bei Hagenbeck
– nur einfach so, zum Zeitvertreib –
und traf den Pv. Doch pfui! Der Geck
ging schnabelfletschend auf mich los:
Er zürnte mir! Warum denn bloß?
Doch nicht, weil ich ihn anders schreib?

* *Lies und sprich: Pfau.*

# Drei Raupen

*Ein Melodram*

*Introduzione*

Es steht in diesem Buche hier
so manch Gedicht über manch Tier –
nur über Raupen gabs noch keins!
Nun, bitte sehr, hier wär so eins!
Doch ist es (weils, ich wills betonen,
für alle handelnden Personen
ein grauenhaftes Ende nimmt)
für Jugendliche nicht bestimmt!

*Thema con variazioni*

Drei Raupen schlossen in der Landschaft
von Südtirol ihre Bekanntschaft.
Da wurd die eine bei den Beeten
vom Gärtner hinterrücks zertreten!
Die zweite wurde unterdessen
vom Spatz erspäht und aufgefressen!
Die dritte aber – diese Raupe
verschied zu Hause an der Staupe!

*Coda*

Wie grausam ist doch die Natur:
Sie trachtet nach dem Leben nur!

# Ritter-Balladen

## 1

Es war einmal ein altes Schloss.
Und Kunibert, so hieß der Boss.
Er hatte Mägde, hatte Knechte
und eine Frau – das war das Schlechte!

Ihr Mund war breit, ihr Hals war lang,
und es klang schrecklich, wenn sie sang.
Da zielte er mit Korn und Kimme
und Wut auf sie – das war das Schlimme!

Es machte bumm! – (natürlich lauter!) –,
dann fiel sie um! – Zum Himmel schaut er
und spricht, das Auge voll Gewässer:
„Vielleicht singt sie dort oben besser?!"

## 2

Es ritt der edle Ritter Kunkel
durch einen Wald, der still und dunkel –
als plötzlich, jäh und ungestüm,
ein grauslich-graues Ungetüm,
ein richtig schlimmes Drachenvieh,
das Feuer, Gift und Galle spie,
sich fliegend näherte dem Reiter
und schrie: „Bis hierher und nicht weiter!!!“

Der Ritter Kunkel zog am Zügel,
dann seinen Degen! Stieg vom Bügel,
und mutig, ohne banges Zagen,
ging er dem Drachen an den Kragen!
Gar bald gelangs ihm, hintern Ohren
das Scheusal schmerzhaft anzubohren,
worauf es „au“ schrie nach dem Stich
und flugs nach oben hin entwich! –

Der Ritter reinigte den Degen
und ritt, nun auf befreiten Wegen,
dorthin, wohin er vorhin wollte!
(Wozu es fast nicht kommen sollte!)

Das Volk begrüßt ihn mit Tüchern,
und bald schrieb man von ihm in Büchern!
(Weil er der Erste war, wies hieß,
der einen Drachen steigen ließ!)

## 3

Es stand an seines Schlosses Brüstung
der Ritter Fips in voller Rüstung.
Da hörte er von unten Krach
und sprach zu sich: „Ich schau mal nach!“,
und lehnte sich in voller Rüstung
weit über die erwähnte Brüstung.

Hierbei verlor er alsobald
zuerst den Helm und dann den Halt,
wonach – verfolgend stur sein Ziel –
er pausenlos bis unten fiel.
Und hier verlor er durch sein Streben
als Drittes nun auch noch das Leben,
an dem er ganz besonders hing – – – !

Der Blechschaden war nur gering ...

## 4

Es war einmal ein stolzer Ritter,
der wurde beim Turnier bloß Dritter.
Das ging dem Armen derart nah,
dass man ihn lebend nicht mehr sah.

Er starb im Wonnemonat Maien
– an einem warmen Tag – im Freien
und wollte niemand bei sich haben.
So musste er sich selbst begraben. –

Ja, Dritter ist für einen Ritter
bitter!

## In nur vier Zeilen

In nur vier Zeilen was zu sagen
erscheint zwar leicht; doch es ist schwer!
Man braucht ja nur mal nachzuschlagen:
Die meisten Dichter brauchen mehr…

## Zu kurz

Kaum, dass auf diese Welt du kamst,
zur Schule gingst, die Gattin nahmst,
dir Kinder, Geld und Gut erwarbst –
schon liegst du unten, weil du starbst.

## Wandspruch

Die Arbeit ist oft unbequem,
die Faulheit ist es nicht, trotzdem:
Der kleinste Ehrgeiz, hat man ihn,
ist stets der Faulheit vorzuziehn!

## Die Starlets

Jetzt weiß ich endlich auch, wieso
sie Köpfe haben! – Soll ichs sagen?
Sie brauchen dann das viele Stroh
nicht in der Hand zu tragen!

## Sommeranfang

Mit Frischem füllen sich die Keller.
Es sinkt der Öl- und Lichtverbrauch.
Die Nächte werden wieder heller.
Der Tag nimmt zu. Die Oma auch.

## Winteranfang

Verblüht sind Dahlien und Ginster.
Die Rechnung steigt für Öl und Licht.
Die Nächte werden wieder finster.
Der Tag nimmt ab. Die Oma nicht.

## Zwang

Du musst dich zu sehr vielen Dingen,
willst du sie tun, geradzu zwingen!
Trotzdem wirkt das – was dir gelungen –
oft zwingend leicht und ungezwungen.

## An einen jungen Journalisten

Das Schreibenlernen, das begannst
du früh schon zu betreiben;
und doch – obwohl du schreiben kannst –
kannst du bis heut nicht „schreiben“!

## Zu spät

Die alten Zähne wurden schlecht,
und man begann, sie auszureißen,
die neuen kamen grade recht,
um mit ihnen ins Gras zu beißen.

## Erfreulich

Es ist gewiss viel Schönes dran
am Element, dem nassen,
weil man das Wasser trinken kann!
Man kanns aber auch lassen – – –

## Der Fels

Wenn dir ein Fels vom Herzen fällt,
so fällt er auf den Fuß dir prompt!
So ist es nun mal auf der Welt:
Ein Kummer geht, ein Kummer kommt ...

## Abendfrieden

Die Oma murmelt leise vor sich her –
sie spricht mit Opa, doch den gibts nicht mehr ...
Im Bettchen nebenan schläft süß das Kind ...
Die Mutter strickt ... Der Vater spinnt ...

## Unterschied

Wollen wir doch einmal dieses Thema streifen:
Autoräder sind von *Reifen* –
Lehrer aber, die zu lehren sich bestreben,
sind von *Unreifen* umgeben!

## Noch 'n Unterschied

Wir fuhren einst zusammen
tagtäglich mit der „Zehn“,
jetzt fahren wir zusammen,
wenn wir uns wieder sehn!

## Der Snob

Sie reichten Weine mir und Bier
und Schnäpse und dergleichen –
dabei könn'n diese Leute mir
nicht mal das Wasser reichen!

## Zellen

Das Leben kommt auf alle Fälle
aus einer Zelle.
Doch manchmal endets auch – bei Strolchen! –
in einer solchen.

## Dort bin ich

Wisst ihr, wo ihr mich stets im Urlaub find't?
Nur immer dort, wo frohe Menschen sind!
Wo auch mal Wind die Birkenbäume biegt
und man auch sonntags frische Brötchen kriegt!

## Der Stein

Fast wär vom Dach ein Ziegelstein
mir auf den Kopf geflogen,
jedoch „es hat nicht sollen sein“:
Er machte einen Bogen.

Dass er das tat, ja, das war gut!
Doch hat der Fall bewiesen:
Man sei beständig auf der Hut
und geh nie ohne diesen!

# Die Mauritius

Herr Heinrich Franz von Ohnegleichen,
der sammelte gern Postwertzeichen
mit Zähnen und mit glatten Rändern
aus Übersee und andern Ländern
und klebte sie – alle vereinigt,
jedoch geordnet und gereinigt –
ins Album, wie man das so muss!
Nur fehlte die *Mauritius*!

Was hatte er nicht unternommen,
um diese Marke zu bekommen!!!
Ja, selbst als er der Minne frönte
mit Minna, die ihn arg verwöhnte,
so fragte er bei jedem Kuss:
„Hast du nicht die *Mauritius*?“

Bald brachte beiden Adebar
ein Kind, das zwar ein Mädchen war,
doch Heinrich fasste den Entschluss:
„Die nennen wir Mauritius!
Gewiss, der Name passt nicht recht
für'n Kind von weiblichem Geschlecht –
doch seis! Zu End sei der Verdruss:
ich hab eine Mauritius!"

Sehr früh schon ging das Mädchen gern
in Bars, damit es tanzen lern
und dadurch körperlich erstarke!
Na, sie wurde vielleicht 'ne Marke – – –

## Kennst du den Ort?

Kennst du den Ort, wo es stets muffig riecht?
Dir feuchte Kälte in den Anzug kriecht?
Wo stolze Flaschen stehen voll des Weins?
Wo Dosen dösen mit dem Schmalz des
Schweins?
Wo Spinnen kunstgerecht die Wand „benetzen“,
und wo kein Stuhl ist, sich mal hinzusetzen?
Wo Kohlen frierend in der Ecke liegen?
Wo die Kartoffeln edle Keime kriegen,
die Waschmaschine wäscheharrend steht
und wo des Wassers Haupthahn leise kräht?
Kennst du den Ort? O Fremdling, sprich!!
Du kennt ihn nicht? – Nun, aber ich!

## Bäume im Wald

Bäume, die lange zusammenstehen,
können sich bald nicht mehr riechen und sehen,
weshalb oft Tannen, ja manchmal selbst Eichen
wünschen, sie könnten ganz heimlich entweichen;
doch – da sie fest mit dem Erdreich verbunden
kraft langer Wurzeln, die man unten gefunden,
und deshalb stehn müssen stramm wie Soldaten –
müssen sie leider des Wunsches entraten.

## Der General und sein Hemd

Es wollte der Herr General
ein Unterhemd belohnen,
und er befahl dem Wäscheschrank,
dem Festakt beizuwohnen!
Es traten zum Appelle an
der Hemden bunte Scharen –
mit Ausnahme derjenigen,
die grade schmutzig waren!

Er sprach: „Ich will heut eines Hem-
des Dienste anerkennen
und dieses tapfre Unterhemd
zum Oberhemd ernennen!
Ich habs getragen sieben Jahr,
ich wills nicht tragen länger!
Es wurde mir ein guter Freund,
jedoch am Bauche enger!“

Er steckte ihm den Orden an
vom „Hemdenband mit Schnalle"!
Die Hemden riefen, was man ruft
dreimal in solchem Falle:
„Hurra! Hurra!", und nochmals: „Rra!"
Das Oberhemd sprach: „Danke!",
und dann verschwands im *höheren*
Regal vom Wäscheschranke!

## Nero

Nero war nicht nur ein Kaiser,
sondern auch fast immer heiser,
was hauptsächlich daran lag,
dass bei Nacht er und bei Tag,
je nachdem, wo etwas los war –
wenns auch eine Kirmes bloß war,
kurz: bei jeder frohen Feier –
Lieder sang zu seiner Leier
und das stets mit vollem Ton,
denn noch gabs kein Mikrofon.

Selbst als Rom hell lodernd brannte
und das Volk sich an ihn wandte,
stand er mittendrin im Dampfe,
sang Couplets und schlug die Klampfe.

Er war in der Welt des Scheins
eine, wenn auch heisre Eins;
sonst jedoch war Kaiser Nero
zweifelsohne nur ein Zero!

## Das Echo

Das Echo liegt im Felsenspalt
und schläft, mit Schnee bedeckt.
Solang es Winter ist und kalt,
wird es nicht aufgeweckt.

Doch wenn der Schnee geschmolzen ist,
du, lieber Enzian, grünst,
und mutig jodelt der Tourist,
hats Echo wieder Dienst.

## Düsenlärm

Früher hatte man mit kranken Drüsen
oft zu tun –
heute lassen uns die lauten Düsen
nachts nicht ruhn!

Wie soll uns bei den Getösen
Schlaf erlösen!
Oder auch nur:
Wie soll man bei diesen bösen
Düsen dösen?

# Ein Vorschlag

Es wird gehämmert und gebohrt,
gebuddelt und gegraben:
Sie wollen unsre Straßenbahn
unter die Erde haben!

Dabei wäre es gut – vielleicht –
wenn man, bei aller Liebe,
die gute alte Straßenbahn
nun endlich *ganz* begrübe.

# Der Mathematiker

Es war sehr kalt, der Winter dräute,
da trat – und außerdem wars glatt –
Professor Wurzel aus dem Hause,
weil er was einzukaufen hat.

Kaum tat er seine ersten Schritte,
als ihn das Gleichgewicht verließ,
er rutschte aus und fiel und brach sich
die Beine und noch das und dies.

Jetzt liegt er nun, völlig gebrochen,
im Krankenhaus in Gips und spricht:
„Ich rechnete schon oft mit Brüchen,
mit solchen Brüchen aber nicht!“

## Danach

Ich reiste solo durch die Tropen,
sah Affen, Gnus und Antilopen
und – leider viel zu spät – den Tiger!
Er kam von hinten und blieb Sieger! –

Nun sitz ich hier im Paradiese
mit andern Engeln auf der Wiese.
Man ist sich noch ein wenig fremd.
Zwei Flügel wachsen durch mein Hemd – – –

## Am Kamin

Es gibt recht viele, die noch immer
vom englischen Kamine schwärmen.
Er kann so leidlich zwar das Zimmer –
doch ich mich nicht für ihn erwärmen.

Wenn ich vor solchem Möbel sitze
– ich muß das wirklich mal erwähnen –
so hab ich vorne große Hitze
und klappre hinten mit den Zähnen. –

Sitzt du jedoch bei mir ganz dicht,
legst um mich deinen lieben Arm,
dann gilt das, was ich sagte, nicht – – –
dann hab ich es auch hinten warm!

## Der Strohhut

Er hatte etwas blaues Blut
und Schmisse auf den Backen.
Der Strohhut aber stand ihm gut,
trug er ihn keck im Nacken.

Und tanzte er nach „In The Mood“,
stand er auf fremden Füßen.
Der Strohhut aber stand ihm gut,
nahm er ihn ab beim Grüßen.

Er sagte statt „Statut“ – „Schdadut“,
er war nämlich aus Sachsen.
Der Strohhut aber stand ihm gut –
wie aus dem Kopf gewachsen.

# Die Turmuhr

Bläst um unsrer Kirche Turm
aus Nordwest ein starker Sturm,
geht die Turmuhr überm Dach
immer nach, immer nach.

Wenn der Sturm sich aber dreht,
von der andern Seite weht,
und man blickt zur Uhr empor,
geht sie vor, geht sie vor.

Bläst jedoch der Sturm voll Zorn
mal ganz anders: mal von vorn,
kann man an den Zeigern sehn,
sie bleibt stehn, sie bleibt stehn.

Wenn der Sturm sich aber legt
und kein Lüftchen sich bewegt,
und man schaut zur Turmuhr flüchtig,
geht sie richtig, geht sie richtig.

# Oben ohne

Natur ist immer dort sehr schön,
wo Bäume ihr zu Berge stehn,
und wenn der Wind behutsam leicht
wie'n Kamm durch diese Bäume streicht.

Doch wo die Berge kahl und steinig,
da ist nichts los! – Sei'n wir doch einig,
dass Schönheit meistens nicht viel zählt,
wenns oben fehlt!

## An dich

Liebe Friederike Kempner*!
Als ein weiblich-zarter Klempner
lötest du der Worte Klang,
der dir aus dem Innern drang,
aneinand – mal kurz, mal lang.

Darum Dank den Vorefahren,
die nicht nur aus Schlesien waren,
sondern dich auch dort gebaren!

Unsrer Seele tiefen Schacht
hast du richtig voll gemacht!

* *1836 dem Ei entschlüpft, 1904 als „schlesischer Schwan" eingegangen – auch in die Literaturgeschichte. Freiwillige Erfinderin des unfreiwilligen Humors.*

## Eine Beobachtung

Herrn, die allein, aber dafür zur späten
Stunde, eine Bar oder so was betreten,
reiten meist ein und dieselbe Masche:
Eine Hand steckt in der Hosentasche!

Ist das nun einfach Verlegenheit
oder ein Akt von Verwegenheit?
Wissen sie nicht „mit den Händen, wohin“
oder solls heißen „seht her, wer ich bin“?!

Möglich ist auch: Diese Herren von Welt
zähl’n noch mal heimlich ihr Taschengeld …

## Zeus

Im Himmel machte er die Blitze,
auf Erden aber lieber Witze,
so hatte er, als Tier verwandelt,
sehr oft mit Damen angebandelt!

Einst näherte er sich – als Stier! –
Europa und sprach keck zu ihr:
„Ich bin der Zeus! Macht keine Zicken
und setzt Euch hier auf meinen Rücken!
Halt't Euch am Horne fest und flieht
mit mir dorthin, wos keiner sieht!"
Erst zierte sich das Mädchen sehr – – –
dann weniger – dann wieder mehr – –
da wurde es selbst Zeus ganz klar,
wie *uneinig* Europa war!
Und es ist gar nicht übertrieben,
zu sagen, es sei so geblieben! –

Durch alte Schriften ist belegt,
dass Vater Zeus fast unentwegt
nach unten kam, sich abzulenken –
statt oben ans Regiern zu denken,
bis seine Frau, die Hera hieß,
ihn einfach nicht mehr runterließ.
Im Himmel aber, da verlor
er jeden Sinn für den Humor –

drum hört man auch vom alten Zeus
nichts Neu's!

# Milch

Es bot der arme Trödlersmann
dem Grafen ein Gemälde an,
das zeigte farbig, froh und frisch
zwei Gläser Milch auf einem Tisch.
Der das gemalt, war namenlos –
das Bild dagegen rahmenlos.

Da sprach der Graf zum Trödlersmann:
„Was fang ich ohne Rahmen an?
Der Rahmen ist das A und O –
für dieses Machwerk sowieso!
Und dann der Preis! Ganz unerhört!
So viel sind zwei Glas Milch nicht wert!
Und außerdem fehlt, wie ich sag,
der Rahmen! Also – guten Tag!"

Da packte unser Trödlersmann
das Bild ein und sprach traurig dann:
„Wie doch 's Interesse gleich erlahmt
an Milch, ist sie, wie hier, entrahmt!"

## Das Pechmariechen*

Zu Ostern in Hersfeld die Mutter spricht:
„Bald ist es Zeit fürs Festtagsgericht!
Drum gehe, Mariechen, hinab in den Keller
und fülle mit Sauerkraut hier diesen Teller!“

„O Mutter, o Mutter, mit träumte neulich
von einem Mann – der Mann war abscheulich ...!
Ach, lass uns den Keller vergessen:
woll'n wir was anderes essen!“

„Mein Kind, mein Kind, ich seh es genau:
Du kommst in die Jahre, wirst langsam Frau,
siehst überall Männer, die lauern –
geh, hol von dem Kraut, von dem sauern!“

Mariechen tut es – sie schreitet hinab,
hinab in den Keller, der finster wie's Grab – !
Hier füllt sie den Teller, den Teller von Blech – –
doch so lang sie auch füllt, 's kommt kein Mann!
So'n Pech! (Darum: Pechmariechen!)

* *Kurzfassung der* „Tellerballade“, *die in* „Noch'n Buch“ *(im selben Verlag erschienen) abgedruckt und nachzulesen ist.*

## Archimedes

Jaja! Der weise Archimedes
ging stets zu Fuß, ging stets per pedes.
Doch ging er auf besondre Weise:
Er ging hauptsächlich nur im Kreise.

Die Gangart hatte sich nach Wochen
in Syrakus herumgesprochen,
weshalb – es ist gut zu verstehn –
die Menge kam, sichs anzusehn.
Doch dies gefiel dem Greise nicht!
Er sprach: „Stört meine Kreise nicht!“

Jaja! Der weise Archimedes
ging stets zu Fuß, fuhr nie Mercedes.

## Was wär …

War wär ein Apfel ohne –sine,
was wären Häute ohne Schleim,
was wär die Vita ohne –mine,
was wär'n Gedichte ohne Reim?

Was wär das E ohne die –lipse,
was wär veränder ohne –lich,
was wären Kragen ohne Schlipse,
und was wär ich bloß ohne dich?

## Chor der Müllabfuhr

Kommt! Lasset von Tonne zu Tonne uns eilen!
Wir wollen dem Müll eine Abfuhr erteilen!

Auf! Machen wir, dass jede Tonne sich leere!
Wir sind dazu da, denn wir sind Müllionäre!
Müllirallala, Müllirallala!

## Von A bis E

Herr Afeu frug Herrn Befeu:
„Wo bleibt denn bloß Herr Cefeu?"
Da sprach Herr Befeu: „Cefeu?
Der sitzt mit Fräulein Defeu
dort unten hinterm Efeu!"

## Gerüchte um Gerichte

Es gibt Gerüchte,
dass Hülsenfrüchte
– in Mengen genommen –
nicht gut bekommen.

Das macht ja nichts, ich finde das fein!
Warum soll man nicht auch mal ein *Blähboy* sein?!

## Letzter Rat

Bevor man dich verbrennt zu Asche,
verhindere, dass man dich wasche.
Versenkt man dich dann in den Keller,
verbrennst du, ungewaschen, schneller!

Wenn sie jedoch die Absicht haben,
dich einst im Ganzen zu begraben,
dann sei appetitlich, frisch und rein –
die Würmer werden dankbar sein!

## WAS ES NICHT ALLES GIBT

Zunächst ist da der Vorhangmann –
eh der nicht zieht, fängt es nicht an!
Sehr nützlich ist der Inspizient –
er klingelt immer, ruft und rennt!
Fürs Haar ist wichtig die Frisöse –
für'n Text nicht minder die Sufflöse!
Den Anzug bügelt der Gardrober –
das Bier bringt der Kantinenober!

Dann gibt es die Kulissenbauer –
und die Komiker, die immer sauer!
Es gibt den Held, den Bongwiwang –
und die Suhbrette mit Gesang!
Heldenmutter – Heldenvater –
auch diese braucht man am Theater!

Wen gibts denn noch? – Den Intendanten!
Und dann vor allem: INTRIGANTEN –
Intriganten – Intriganten – Intriganten –

# Hallo, Schwan!

Schon lange vor der Eisenbahn
gabs als Transportmittel den Schwan.
Wolltst du verreisen noch so weit:
Ein Schwan mit Kahn stand stets bereit!
Du nanntest ihm das Endziel bloß,
stiegst ein, und, hui, schon ging es los!

Nun war – ganz in der Näh vom Grale –
so eine Art von Schwan-Zentrale,
in der erregt ein Herr erschien
und rief: „Ich bin der Lohengrin!
Und haben Sie wohl an der Hand
'nen Schwan? Ich muss gleich nach Brabant!
Ich bitte um ein schnelles Tier,
denn Elsa ruft schon sehr nach mir!
Auch hätt ich – sagen Sies der Leitung! –
den Schwan gern mit Musikbegleitung!" –

Was weiter war – und wies gewesen,
bitt ich bei Wagner nachzulesen!

## Der Mohr von Venedig

*Frei geräubert bei Schiller*

Unterm Einfluss eines Föhns
dichte ich jetzt mal was Schöns:
Es ist kürzer und auch stiller
und ganz anders als bei Schiller! –

Franz Mohr, bekannt als „die Kanaille",
trug stets den Dolch an seiner Taille.
Doch einmal, ach, im grimmen Zorne
stach er von hinten zu und vorne,
worauf sich wund das Opfer wand
und Franz in dessen Blute stand!

Nach dieser unheilschwangern Tat
rief er: „Jetzt ham wir den Salat!
Mein Beinkleid ist vom Blut gerötet!
Den Leichnam dort hab ich getötet!
Der Anblick ist nicht grade schön!
Auf Wiedersehn! Der Mohr kann gehen!"

Und so geschahs, dass Franz entfloh
(über die Alpen, übern Po
und weiter), bis er ungehemmt
zur Stadt kam, die stets überschwemmt.

Hier – musste er sich nicht verstecken!
Hier – konnt er seine Hos' entflecken!
Hier – blieb Franz Mohr lang, brav und ledig
und hieß ab hier – „Mohr von Venedig“!*

* *Einige neuere Literaturgeschichten behaupten, wahrscheinlich, um sie* farbiger *zu gestalten, der „Mohr von Venedig“ sei ein* Schwarzer *gewesen. Bei Schiller jedoch findet sich kein Hinweis, dass Fr. Mohr (den er übrigens undelikaterweise mit oo schreibt) negroiden Ursprungs war.*

# Beckmesser*

Er war ein angesehner Herr
und wohl der Klügsten einer,
doch spricht von ihm als Kriti-Kerr*
– und auch als Mensch – heut keiner!

Wie bös hatte er Wagners „Ring“
und Bruckners Werk verrissen,
auch von Puccinis „La Bohème“
wollte er nicht viel wissen!

Wie lobte er den Meyerbeer
und Straußens „Ritter Pasman“!
Was er getadelt, lebt noch heut –
was er gelobt, vergaß man!

Merke:
Der Irrtum ist der Menschen liebstes Kind,
besonders, wenn sie Rezensenten sind!

* *Gemeint ist hier der Wiener Musikkritiker Eduard Hanslick (1825 – 1904).*

* *Kerr, Alfred (1867 – 1948), auch 'n berühmter Kritiker.*

## Hanneles Siegesfahrt

Da war ein Mädchen jung und stark
und gut von Wuchs und hieß Jeanne d'Arc.

Erst hütete sie Vaters Ziege,
dann träumte sie vom großen Siege!
So ging sie eines Tags aufs Ganze:
Kaufte sich Rüstung, Helm und Lanze,
und schon nach ziemlich kurzer Zeit
fand Männer sie, zum Kampf bereit!
Mit diesem Fähnlein griff sie dann
des Königs böse Feinde an!

Bei Orleans errang, so schiens
(auf englisch heißt der Ort Orliens!),
die ihren Sieg! Doch nicht weit her
war es damit: Es geht die Mär,
sie sei, was nicht so sehr erheitert,
am Scheiterhaufen dann gescheitert!

# Tannhäuser
*oder*
# Die Meistersinger in der Wartburg
*(in 5 Abteilungen)*

## 1

Es saß, laut Richard Wagners Werk,
Herr Tannhäuser im Hörselberg –
doch nicht allein, das war es eben:
Die Dame Venus saß daneben.
Sie war begabt mit ganz enormen,
doch angenehmen Körperformen
und schmiegte sich an seine Lende.
Er drückte ihr dafür die Hände.
Dann sangen beide ein Duett,
und vorne tanzte das Ballett.

Sie liebte und liebkoste ihn,
und grade das erboste ihn!
Das immer gleiche Einerlei,
das tägliche Tandaradei,
das viele Tanzen und die Lieder
war'n bald dem Tanni höchst zuwider,

weshalb er – es war kurz vor zehn –
ganz plötzlich ausrief: „Lass mich gehn!
Mich hält nichts mehr! Leb wohl, ich muss!“
Worauf sie sprach: „Red keinen Stuss!
Du bist mein Held, du bist mein Sänger!
Verweil doch noch ein wenig länger!“ –
Und so blieb alles wie vorher:
das Singen, Tanzen und auch er.

2

Inzwischen waren Tage, Wochen
und Monate ins Land gekrochen,
als Tannhäuser plötzlich erwachte,
doch anders, als er es sich dachte:
Er lag, statt auf der weichen Chaise,
im harten Gras! Es roch nach Käse,
und eine Magd mit ganz enormen,
doch nicht so guten Körperformen
behütete der Kühe Herde,
auf dass sie nicht gestohlen werde.
Sofort befragte er die Maid
nach Ort der Handlung und der Zeit

und sah zur Linken und zur Freude
ein gar gewaltiges Gebäude;
und aus der Magd geräum'gen Munde
vernahm er dann die frohe Kunde,
dass dieses Bauwerk hoch und hehr
die so genannte Wartburg wär.
„Die Wartburg? Die ist mir bekannt!",
sprach da der Venus-Emigrant,
„ich will mich jetzt dorthin bemühen!
Leb wohl! Empfiehl mich deinen Kühen!"

3

Als Tannhäuser sein Ziel erreicht
– das Gehen fällt ihm noch nicht leicht –
und er dem Tor der Wartburg naht,
da hält ihn an ein Wachsoldat:
was er hier wünsche oder wolle
und dass er sich entfernen solle!
Hier fände heut ein Wettkampf statt,
doch nur für den, der Stimme hat!
„Dann bin ich richtig! Auf das Tor!
Lass mich hinein! Ich bin Tenor!"

Nachdem er so sich ausgewiesen,
lässt der Soldat passieren diesen.

4

Herr Tannhäuser betrat die Halle,
und, sieh mal an, hier war'n sie alle:
Hans Sachs, Jung-Siegfried, und selbst Hagen,
der aus Westfalen, wollts mal wagen!
Auch 'n Holländer war da als Streiter!
(Es gab schon damals Gastarbeiter!)

Herr Tannhäuser erfuhr inzwischen
die Regeln, um hier mitzumischen:
Das, was er singt, sei einerlei,
wenns nur von Richard Wagner sei!

Der Eschenbach war grade dran
mit'm „Abendstern" – und er gewann
die allermeiste Sympathie.
Kein Wunder bei *der* Melodie!

Und dann betrat die wunderschöne
Elisabeth von links die Szene!

Man zollte recht viel Achtung ihr,
denn sie war ja die Chefin hier!

Sie plauderte, was so passiert sei
und dass die Halle renoviert sei,
weshalb sie hoch und breit und lang
von ihrer „teuren“ Halle sang!

Doch schließlich ging ihr Lied vorüber,
und auch der Tannhäuser ging lieber …

## 5

Er ging – und stand nun vor dem Tor.
Da kam ein langer Pilgerchor,
der grade nach Italien strebte
und hauptsächlich vom Singen lebte.

Als er den Pilgerzug erblickte
schrie er, sodass er fast erstickte:
„Hinweg ihr Socken und ihr Schuhe,
’s wird Zeit, dass ich jetzt Buße tue!
Wie sündig ist mein ganzer Leib!

Wer schert mein Haar? Was schert mich Weib?
Auch ich kauf mir so eine Kutte!
Ich pfeif auf Venus, diese –!“ – „Nun“,
sprach da des Pilgerzuges Leiter,
„so pilgre mit uns! Gleich gehts weiter!“
„Ich bin für euch nicht gut genug!
Geht! Ich komm mit dem nächsten Zug!“ –

Ob er nun tatsächlich gezogen
gen Rom – oder gelogen
(wir wollen nur das Erste hoffen!),
bleibt offen …

## Liebe Sonne

Nach so vielen Regenwochen
kamst du endlich vorgekrochen,
froh sind Menschen, Tier und Gras!

Schein auf unsre Mutter Erde,
dass sie wieder trocken werde,
liebe Sonne, tue das!

Trockne sie und unsre Tränen
und den Kuckuck, der ganz nass!
Schick uns nach langen Qualen

deines Fehlens alle Strahlen –
und besonders diese netten,
diese ultravioletten!

Liebe Sonne, schein uns was!

## WARUM DER SATURN EINEN RING HAT

Unter all den Sterngebilden,
die in himmlischen Gefilden
– nachts kann man es deutlich sehen –
sich um uns und mit uns drehen,
unter diesen Sternen allen
wollt es dem Saturn gefallen,
dass er falsche Kreise zog
und ganz eigne Wege flog!

Als der liebe Gott das sah,
sagte er: „Was seh ich da?
Der kreist ja auf andre Weise?!
Na, sein Kreisen zieht noch Kreise!“
Und er rief mit Donnertösen
dem Saturn zu, diesem bösen:
„Sieh hier meine Zornesfalte!!!
Das im Aug ich dich behalte,
wirst du, gleich und unbedingt,
für die Ewigkeit beringt!“ –

Jahrelang zankten sich Leute
drüber, was der Ring bedeute –
jetzt erst, durch mein Opus endlich,
wird die Einrichtung verständlich!

# Der rötliche Mars und die Venus

Früher zogen Mars und Venus
– wann es war, kann man nur ahnen –
eng beinander und in Liebe
ihre vorgeschriebnen Bahnen.

Plötzlich kam ein fremder Körper,
der sich zwischen beide zwängte
und den Mars von seiner Venus
– oder umgekehrt – verdrängte.

Dieser Fremdling war die Erde!
Und sie machte sich noch breiter,
und der Mars entschwand der Venus
immer weiter, immer weiter.

Und die Sehnsucht nach der Freundin
hat den Mars schon fast getötet;
doch – erblickt er sie von ferne,
sehn wir, wie er noch errötet ...

## Der ferne Merkur

Du wandelst ...
Und handelst?
Falsch oder weise?
Und wie sind deine Preise?
Wer sind deine Kunden?
Wiegst ab du in Pfunden?
Oder gelten auf deiner Straße
andere Maße?

Ach, wüsste mans nur,
lieber Merkur!

Wie ist deine Währung?
Besitzt du auch eine Merkurische Nehrung?
Oder hat man sie dir genommen,
weil sie ein anderer bekommen?

Ach, man wüsste so vieles gern
von dir als Stern!
So ganz intern!
Doch bist du zu fern – – –

## Ode an den Neumond

Scheine wieder, liebe Scheibe!
Bleibe
das, was von dir gewohnt:
Mond!

Wir, die wir dich sehen möchten,
fragen
uns seit Tagen
– oder besser doch – seit Nächten:
„Fürchtest du dich etwa vor den vielen
Projektilen,
die man auf dich unverdrossen
abgeschossen?"

Schön, man traf dich! – Doch wir hoffen,
Mond, du fühlst dich nicht getroffen!

Scheine wieder, liebe Scheibe!
Bleibe!

## In eigner Sache

Ich häng oft den Gedanken nach,
die teilweise stürmisch, teils gemach
die Gänge meines Hirns erfüllen.
Doch denken kann ich nur im Stillen.

Im Wald zum Beispiel! Zwischen Bäumen,
dort kann ich dichten, kann ich träumen.
In Gegenwart von Baum und Tier,
da kommen die Gedanken mir.

Allein, inmitten jener Wesen,
die schreiben können und auch lesen,
die lieben können, doch nur hassen,
fällt mir nichts ein, da muss ich passen!

## Leicht zu sagen

Du irrst, wenn du sagst, es sei leicht,
was *Leichtes* hinzuschreiben,
was lustig – aber nicht zu seicht –
die Sorgen hilft vertreiben.

Leicht ist, ich bitt dich zu verzeihn,
das so genannte *Ernste*,
das braucht nicht angeborn zu sein –
das kannste bald, das lernste!

# Das Konzert

Frau Fauna und Frau Flora
spiel'n am Pianoforte
vierhändig und nach Noten
„Lieder ohne Worte".

Frau Fauna hat die Melodie.
Frau Flora rankt sich drumherum.
Der Mensch hört zu und applaudiert.
Und Gott blättert die Seiten um.

## Die Lore

Die Lore fuhr ums Morgenrot
hinab zu ihrer Sohle.
Nach kurzer Zeit kam sie zurück
bis obenhin mit Kohle.

Und gleich drauf fuhr sie wieder los
und holte neue Ware.
Das machte sie tagein, tagaus
und nachts und viele Jahre – – –

Nun ruht sie aus, nach vorn gekippt;
zu Ende ist die Reise.
Fragt nicht nach Dank, nicht nach Gewinn,
sie rostet langsam vor sich hin
auf einem toten Gleise …

## Schicksal

Er war ein großer General
und außerdem einsachtzig,
und kams zum Kampf, und er befahl,
dann wendete die Schlacht sich.

Er stürmte immer vorneweg,
selbst gegen schwerste Panzer,
und oft lag er im selben Dreck
wie nebenan der Landser.

Er hat in Afrika geschwitzt,
in Norwegen gefroren.
Er hat dem Feind den Sieg stibitzt,
den Krieg jedoch verloren. –

Er war ein großer General!
Sein Ruhm ging in die Binsen;
man kennt ihn heute nicht einmal
dort, wo er wohnt: in Winsen.

## Schüchternheit

Als Kind – zu meiner Eltern Leid –
litt ich an großer Schüchternheit.
Als Gymnasiast dann – farbumbändert –
hatte sich darin nichts geändert.
Auch nach dem ersten Kuss – mit Ellen –
war keine Bessrung festzustellen.
Im Alter erst – beim Kampf ums Leben –
hat sich die Schüchternheit gegeben!

Doch weiß ich: Tritt der Tod herein
und spricht zu mir: „Komm mit, mein Sohn!“,
und führt mich vor des Höchsten Thron,
werd ich wieder ganz schüchtern sein – – –

## Es ist nicht alles Gold, was glänzt

Oft glänzt der Himmel strahlend blau,
und oft glänzt eine Hose,
oft glänzt die Nase einer Frau
vor dem Gebrauch der Puderdose.
Durch Abwesenheit glänzt das Glück!

Durch Bohnern glänzt die Diele –
man rutscht drauf aus und brichts Genick!
(Zu großer Glanz ist nichts für viele!)

## Langes Wochenende

Nicht alle, aber viele streben
danach, nach Gottes Wort zu leben.

Man geht zur Kirche, liest die Bibel
und weiß dadurch, was gut, was übel
und ist bemüht von ganzem Herzen,
die Sünde restlos auszumerzen.

Doch *ein* Gebot, trotz Buß' und Beten,
hat man schon öfters übertreten,
und dies Gebot, das man verletzt,
heißt so – von Luther übersetzt –:

„Sechs Tage lang sollst du was tun,
am siebten aber sollst du ruhn!"
An keiner Stelle wird gesprochen
von unseren *Fünf*-Tage-Wochen! –

Klar, dass für jeden frommen Christ
das lange Weekend *Sünde* ist!

## Es scheint so

Es scheint so, dass auf dem Planeten,
den wir so gern mit Füßen treten
und ihn dadurch total verderben –
dass also hier nur *Gute* sterben!

Denn: Las man je im Inserat,
dass ein Verblichner *Böses* tat?
Dass er voll Neid war und verdorben
und dass er nun mit Recht gestorben?

Es kann da keinen Zweifel geben:
Die Schlechten bleiben alle leben!

## DSCHU-FI-MU

es stirbt die nacht
wird sie vom tag entbunden

der große zeiger
überholt den kleinen

und atemlos
stirbt auch der tag

## Ein Trauertag

Hunderttausend Menschen strömen
auf die Friedhöfe der Städte.
Die Gedanken gehn nach unten
und nach oben die Gebete.

Vater Staat hat uns befohlen,
heut der Toten zu gedenken –
ihnen Kränze oder Blumen
oder Tränen gar zu schenken!

Vater Staat mischt sich in alles,
selbst in die intimsten Dinge –
als ob der, der wirklich trauert,
nicht auch sonst zum Friedhof ginge …

## Schule

Die Schule ist, das weiß man ja,
in erster Linie dazu da,
den Guten wie den Bösewichtern
den Lehrstoff quasi einzutrichtern;
allein – so ists nun mal hienieden:
Die Geistesgaben sind verschieden.

Mit Löffeln, ja sogar mit Gabeln
frisst *Kai* die englischen Vokabeln;
*Karl-Heinz* hat aber erst nach Stunden
die Wurzel aus der Vier gefunden.

Und doch! *Karl-Heinz* als „dumm“ verschrien,
wird Chef – und man bewundert ihn,
und *Kai*, in Uniform gezwängt,
steht an der Drehtür und empfängt
und braucht in Englisch höchstens dies:
„Good morning, Sir!“, und manchmal: „Please!“

Hieraus ersieht der Dümmste klar,
dass der, der „dümmer“, klüger war!

## In der Schule gegenüber

„Sagt mir, ihr lieben Jungs, geschwind,
wer wohl die beiden Großen sind,
die denen, die reich und bezopft,
erfolgreich auf den Busch geklopft?
Die man seit vorigem Jahrhundert
studiert, versteht, liebt und bewundert?
Die wir durch Wort und Bilder kennen?
Wie mögen sich die beiden nennen?!"

? ? ? ? – – – ? ? ? ?

„Ihr wißt es nicht, ihr dummem Bengels?
Die beiden heißen MARX und – – – ?!?"
Da meldet sich Hänschen Klein:
„Das könn'n nur *Marx und Moritz* sein!?!"

## Kreuz und quer

Es sprach der junge Rittersmann:
„Was fang ich bloß zu Hause an?
Knapp, packe Sack und Kisten!
Wir ziehen an das Kriegsgewand
und ziehen aus ins Morgenland
im Namen aller Christen!“

Gesagt, getan! Sowohl der Knapp
als auch der Ritter reisten ab.
Sie reisten und sie reisten!
Sie trafen Regen, Sturm und Blitz;
jedoch im Morgenland die Hitz,
die störte sie am meisten!

Die trugen stolz der Rüstung Zier
und auch den Helm mit dem Visier,
obwohl sie transpirierten.
Und stand die Sonne im Zenit,
dann sangen sie ein frommes Lied –
das half, wenn sie marschierten!

Sie schlugen trotz der Übermacht
des Feindes ihn in einer Nacht
mit Mann und Ross und Wagen!
Es starb so mancher Heidenhund
im heißen Wüstensand aufgrund
der Kirche sozusagen.

Nach siebzehn Monden zogen dann
der Knappe und der Rittersmann
mit Sack und Pack und Kisten
heim ins gelobte Abendland
und zogen aus das Kriegsgewand
und wurden wieder Christen!

## Feste

Der Karpfen kocht, der Truthahn brät,
man sitzt im engsten Kreise
und singt vereint den ersten Vers
manch wohlvertrauter Weise.
Zum Beispiel „O du fröhliche",
vom „Baum mit grünen Blättern" –
und aus so manchem Augenpaar
sieht man die Träne klettern.
Die Traurigkeit am Weihnachtsbaum
ist völlig unverständlich:
Man sollte lachen, fröhlich sein,
denn ER erschien doch endlich!

Zu *Ostern* – da wird jubiliert,
manch buntes Ei erworben!
Da lacht man gern – dabei ist ER
erst vorgestern gestorben …

## Pressefreiheit

*Donnerstag*

Der Wecker weckt, wie üblich, um sieben.

Du hast dir den Schlaf aus den Augen gerieben
und gehst dich waschen, vielleicht sogar baden,
auch eine Rasur kann heute nichts schaden.
Du ziehst dich, leis trällernd, sorgfältig an
und schreitest hinunter, ganz Vater, ganz Mann!
Begrüßt deine Frau, deren Sohn, dessen
Schwestern –
du kennst sie ja schließlich noch alle von gestern –,
und so nehmt ihr denn Platz an dem Frühstücks-
tisch. –

Der Kaffee ist warm, die Brötchen frisch.
Das Ei ist weich. – Du schmierst dir gerade
aufs Brötchen erst Butter, dann Marmelade,
da fällt – unter des Sehnervs bewährter Leitung –
dein Blick auf die heutige Morgenzeitung
und liest eine Schlagzeile, so wie diese:

**Ein neuer Weltkrieg droht!**
**Es kommt eine Krise!!!**

Kaum hast du das in dich aufgenommen,
schon ist der Kaffee dir hochgekommen!
Das Brötchen bleibt dir im Halse stecken,
und das Ei will nun auch nicht mehr richtig
schmecken!

Dein gütiges Vaterlächeln ist jäh erstorben –
kurzum, deine Laune ist gründlich verdorben!

So schleichst du denn, deprimiert und nicht froh,
in dein Büro.

*Freitag*

Der Wecker weckt, wie üblich, um sieben.

Er hat dich recht roh aus dem Bette getrieben.
Du wäschst dich nur flüchtig und nur, wo es wichtig,
und rasierst dich auch gar nicht so richtig.

Du nimmst am Frühstückstisch Platz in Begleitung
deiner Familie und greifst *schon* nach der Zeitung!
Du überfliegst die erste Seite – und suchst
dann auf der zweiten Seite und fluchst,
weil auch auf der dritten und vierten nichts steht,
wie es mit der Krise denn weitergeht!

Endlich, auf der letzten Seite, ganz hinten,
ganz klein gedruckt und kaum noch zu finden,
liest du dann eine Notiz, so wie diese:

> Es kann keine Rede sein von einer Krise!
> Auch sonst sind keine Gefahren vorhanden,
> wir hatten den Redner bloß missverstanden
> und bitten die Leser, die immer geduldigen,
> auch diesmal die Falschmeldung zu entschuldigen!

Nur zögernd glätten sich deine Falten – – –.
Du trinkst den Kaffee, den inzwischen kalten,
dann nimmst du den Löffel und schlägst deinem Ei
fast zärtlich die kalkige Schale entzwei.
Dann greifst du zum Brötchen und schließlich
zur Butter

– dasselbe tuen die Kinder, die Mutter –
und allmählich zieht im trauten Verein
nun auch der *innere* Frieden ein.

Die Familie ist glücklich. Du bist es wie sie –
bis morgen früh (?) ...

## Der Wahlredner

Wenn er das Rednerpult betritt
mit kühner Stirn und weitem Schritt,
zieht er zunächst gekonnt kokett
das Manuskript aus dem Jackett
und fängt gleich an, draus vorzulesen,
was ist, was wird und was gewesen.

Doch langsam wird der Redner kleiner,
denn er entdeckt – und nicht erst heute:
Vor ihm sitzen zwar viele Leute,
doch hinter ihm – steht keiner…

## Schimpfe nicht ...

Schimpfe nicht auf Sozialisten –
oder auf die Nationalisten –
oder gar auf Klerikale –
und auch nicht auf Liberale!
Schimpf nicht auf die Kaisertreuen –
oder auf die Neo-Neuen – – –
schimpfe nur auf jene, die's
Land regier'n, als könnten sie's!

## Letzte Bitte

Der Tag geht nun zur Neige
und leise kommt die Nacht.
Ich danke dir für alles,
was du für mich gemacht.

Du hast mich stets getröstet,
wenn mir was nicht geglückt,
und hast so oft aus Liebe
ein Auge zugedrückt.

Jetzt geht mein Weg zu Ende.
Und leg ich mich zur Ruh,
so falte meine Hände,
und dann nimm deine Hände:
Drück beide Augen zu …

## Ganz zuletzt

Oh, wär ich
der Kästner Erich!
Auch wäre ich gern
Christian Morgenstern!
Und hätte ich nur *einen* Satz
vom Ringelnatz!
Doch nichts davon! – Zu aller Not
hab ich auch nichts von Busch und Roth!
Drum bleib ich, wenn es mir auch schwer ward,
nur der Heinz Erhardt …

# Inhalt